星の後ろ姿

檀允心実
DANJO Kokomi

文芸社

星の後ろ姿◇目次

キセキ

今夜の群青色の夜空
無数の星が輝いている空間で
瞬く間に滑り落ちていった星があった
君はさっきからずっと
四角い窓から夜空を見上げている
それは今夜だけじゃないよね
君は毎晩小さなその掌を合わせて願っている
夢が叶いますようにと
そんな君の姿は
四角い額縁にハマってなんだか窮屈そう
もしかしたら
流れていったたった今の星は
星の型にハマり続ける運命が嫌だったのかもね

最後の光を精いっぱいに放ち
　きらめくしぶきをまといながら
　　夜空に空白を残しまだ見ぬ世界へ旅立った
なんて儚いのだろう
そしてなんて潔いのだろうか
今は過去に変わったあの星
人はあれが流れ星だと言っている
君の瞳にはあの星はどんな風に映ったのだろう
それは型からはみ出て軌跡と奇跡のラメを残した
あの星は君に教えたかったのかもしれない
君もそうやって自分の型から思いっきりはみ出て
夢を描けばいいんだよって
舞い降りる奇跡を強く信じ続けて
君だけの軌跡を残せばいいんだよって
二つのキセキを大切にして
君はきっと夢を叶えていくのだろう

月の彫刻

余分なものをくり抜いていくことで
美しい彫刻は完成するのだと君は言った
君は今日も彫刻刀で我も忘れて木を削っているね
木の削り屑が下にひらひらと落ちていく
きっと君にとっては余分なものなのだろう
でも私の瞳にはその屑が
一瞬だけでもきらめく星屑のように見えたような気がしたよ
流れ星のようにも見えたかな
私はその屑が舞っている瞬間にお願い事をしたよ
どんなお願い事をしたのかはまだ言わないでおくね
もちろんその屑は下に辿り着けば時間と共に降り積もっていくね
そう　余分と呼ばれる屑は忘れられていく
そして君の彫刻が完成した時にどこかに葬られる

余分なものって少し諦めが悪いね
だって私の存在がそれを証明しているから
君は私のことを欠けている人間だと呼んだね
普通の人間とは脳の作りが違う出来損ないだと
もし私が滑稽と呼ばれないためには
私が美しくなるためには
欠けているものを埋めればいいの
じゃあ君は何で彫刻なんか彫っているの
そもそも余分なものを削ったら美しくなるなんてどこに保証があるの
君は少し矛盾しているね
私はさっきお願い事をしたでしょ
決して私が普通になれますようにとお願いした訳ではない
普段なかなか口に出せないことをお願いしたの
例えば君と一緒に同じ彫刻の芸術作品を造ることは許されるだろうか
余分なものを余分なもの
欠けているものを欠けているもの
世の中がそうやってどう呼ぶかで決めるのなら

私は君と一緒に月の彫刻を彫りたい
夜空を見上げれば月はいつも同じ形はしていないね
この私の脳が記憶している限り月は毎晩姿形を変えている
満月だったり半月だったり三日月だったり
欠けたり満ちたり欠けたり満ちたり
若しくはいつも姿が見えるとは限らないね
君に聞きたい
君は月の彫刻をつくるならどんな形を想像するのかと
私はどんな形でもいい　君が決めていい
私はここで待っているから
君が木を削っている横でお願い事をしながら
いつか分かり合えますように

流れ星のグミ

バットに流し込んだオレンジジュース
冷やしてから星型で次々とくり抜く
星がコロコロとできていく
ホントは残った夜空も
でき上がったグミも
同じ味
なのに
流れ星だから美味しいのかな

世の中から跳ね除けられ
世の中を心から恨み
世の中を疑い続け
そして自分の運命を弔った
世の中と切った手ははぐれたまま
そんな過去があった

流れ星の続き

夜の高層ビルの屋上の上
月も星も期待してない
ましてやお願い事をする流れ星なんか
夜空に透明な滑り台を創って
　きらめくしぶきを纏いながら
　　瞬きをした記憶も忘れさせて
　　　そして墜ちていく
人は流れ星の後ろ姿を奇跡と祝福している
悪いけど私には星の残骸にしか見えない
星形にハマり続ける運命を嘆いた星
自分をなげうって葬る可哀想な星
そう思うことはさぞおかしいだろう
しかし私はそれしか思いつかないのである

そんな私を可哀想と人は言った
要らないよ　そんな憐れみ
世にいう美しいもの
そんなものを魅せつけたりして
私をこれ以上ダメにしないでほしい
それなら提示する美しさに保証はあるの
価値を証明してここに並べてごらんよ
できないのでしょうね　結局のところ
誰も当てにならない
ここには初めから私の席はなかったのかもしれない
だからここから飛び降りてしまえばいい
ずっと終わったままの世界に逝けばいい
流れ星みたいに何事もなかったように
世の中という絶望的な型に
さようならと
人は私を出来損なった人間と呼ぶ
だからここから飛び降りてしまえばいい

でないとまた一つ出来損なってしまう
なんだか流れ星が可哀想になってきた
君は誰にも認められない場所に沈むのだね
それもいいかもね　評価されないのだから
区別するための名前も一瞬で済むのだから
早くこの鉄の柵を蹴ってしまえばいい
でも
ふと後ろを振り返った
悔しくなって涙が流れ出た

あの時ふと振り返った先に現在の私がいる
こうして詩を書いている
あの頃の涙の訳もここに確かに混じっている
十六の震えていた私に伝えたい
流れ星には続きがあったのだよと
決して型を嘆いたのではない
型を認めたからはみ出たのだ

そしてずっと流れている
星のシロップみたいに
今頬に伝う涙の名前って
でも私はまだ探していたいんだ
もっと見てみたいんだ
この両手から生まれる奇跡と軌跡
この二つをこれからも大切にと
書くことがそう私に教えてくれた

月のジュース

きっとね
込み上げてくる涙
躊躇《ためら》わず流しているのは
抱えているものが許してくれたから

あの雲もあの星もどけて
ややこしい街を背に
潤んだ夜空を見上げている
ずっと長い間もう出てもいいって
何度問いかけただろう
この瞳の表面のゆらめき
水面の下から見る私の姿を思う
そこからの私はまだ許されませんか

追いかけても追いかけても
いつもいつも掴めなかった

でも今瞳の扉がひとりでに開いて
涙が伝っていっている
真珠の延長のような
純粋で自由な涙
ぽとりと零れた音
この先素直に生きていいと聞こえた
次々に洗い流されていく夜空
なんだか月が丸い果実に見えてきたよ
月も泣いたりするのだろうか
月のジュースも美味しいかもね

水の中から取り出した果実
くっついている水滴に
いつかの嬉し涙をふと思い出す

流れ月

私が見てきたもの
夜空を両腕で抱きしめた後のように
結局は零れると約束されているものばかり
ほら向こうで誰かがまた泣いてる
周りは涙の行方を受け止めている
そしたらほらね
私の心は本音を語りたがる
どうして私は私でいられないのかって

私が鏡に映した心
行き場を失った他人の姿を見る
覚えたのは自分を裏切り続けること
仕方がないでしょう

でなければ生き抜いていけない
でも決して諦めるつもりではなかった
今がその時だろう　そう感じたあの日から
しばらく真顔で生きることに決めました

心で泣くのはいい
誰の目にも触れないし　そして誰も傷つけない
これ以上の哀しみもしまい込めば秘密となる
もう少しだよ　立ち直るまで

星が流れるなら　月が欠けるなら
失ってしまうその前に瞳で写真を撮る
と　そうしようとするのもどこか違う気がする
なぜなら
星形の中できらきら輝いておこうとする星
欠けた精神をまさに追いかけている月
それは限定させることに他ならない

それならいっそ仕合せてしまえばいい

おかしいよって否定されようが
誰かにふさわしい言葉を当てはめてもらうのではなく
たとえ私が私であること
それが認められなくても
私は私として心を追い抜けますように
いつの日か無力を認められますように
ほら瞳から頬に星が線を流したがる
ほら瞳の奥の新月は繰り返したがる
流れ月は私の心が作っていく時間

君は言ったね
誰かのために生きると呟いた後の陽光
それはとても優しいものだよと
陽光の音に思いを巡らしてみれば
夜の幕開けの音のなさを思い知った

瓶の中の夢

色んなこと覚えすぎれば
ほらね　いつの間にか分からなくなる
あの頃のすり切れるような痛み
もう再現できないだろう
私は疑う
こんなにもらってもいいのと
鏡に映る私の姿
全部何か違っていて嘘みたい
気づかないふりして
水面の下からの声に期待する
その下から見える私の姿
水のゆらめきで輝いて見えたりしないでしょうか
そんな風に呟いてみても

幾重の波がシルエットをごまかしていく
そして遠ざかる本当の私の姿

あの夜空から一つの星が瞬く間に滑り落ちていったのを見た
自分で創った透明な滑り台を滑るように
名残のラメに二つのキセキ
思わず見たような気がした
あの頃から何が離れていき
そして何が残ったのだろう

君は言ったね
私が欠けていると
あの頃ただここに足りないものを必死に流し込んだ
小指を電車で引かれた痛みを感じ続けながら
その痛みは当たり前としていつしか積み重なり
今ではもう大丈夫だと吹っ切れた
でも時折あれはあっていたのかと考える

時々自分を鏡に映すけれど
そこに映る顔に泣いてごらんよとそそのかしても
でもどうやって泣けばいい
どの場面で何のせいで泣けばいいのか
分からなくなり私は鏡に背を向ける
でも本当はこれ以上忘れたくない
思いっきりの強がりから涙が伝うように
いくら乗り越えても作り物だから

あの夜空から一つの星が瞬く間に滑り落ちていったのを見た
自分で創った透明な滑り台を滑るように
群青色にしゅっと引かれた線に嬉し涙
思わず見たような気がした
あの頃から何が離れていき
そして何が残ったのだろう

この中に入っているもの

また明日ねって誰かに背を向けたら
急に涙が溢れ出るような
本当は見せたらいけないもの
でもねそれでもねあの頃のもどかしさ
見捨てられなかった
何かあれば中から一つずつ取り出していく
そして並べていく
思うままに書けばいい
そう教えてくれたのは誰かは分からない
きっと何かの拍子に見つけたのかな
理由を与えず奇跡と呼ばれる流れ星のように

星はきっと決めたのだろう
五角の星型から抜け出してみること
普通の人になるために埋め合わせしたもの
この先を生き抜いていくためだった

でもどうだろう
この中に入っているもの
現実に刺されるたびに出たがっている
気づけば遠ざかっていく星の後ろ姿を追いかけている
待ってください　私は何も変わっていないよ
でもあの頃見ていた星はどこにあるのだろう

確かにあの頃の私の後ろ姿はもう見えなくなったけれど
この中に入っているもの
これには嘘はいらない
奮い立たせた勇気はいずこへ
絶望を認める勇気も素敵だけど
現実を認める勇気も心強いけど
でももっと他にあるのだと思う

きっと星は探しに行った
まだ知らない景色を見つけに

無防備な姿でも光ってもいいのか確かめにいったのかな
そして夜空に戻ってきた時には
見たものを語ってくれるだろう
いつか私もそんな風に語ってもいいのだろうか
いつかの君を思い出すよ
夢は欠けようがないね
瓶の中に入っている夢
数えない限りずっと広がり続けていく
際限ない星のシロップが夜空に広がっていくように

この瓶の栓を抜けば
きっと形を選ばない想いが一気に溢れ出す
そして夜空に流れていくだろう
どこまでも
どこまでも
どこまでも

夢星《むせい》

大切なものを失った
ずっと一つの星を見つめ続けていた
なのに瞬きをしてしまったのだろうか
いつものところに星はなかった

ねえ　君はどこにいったの
喫茶店のガラス窓からちらちらっと外を見る
君が入ってくるのを心待ちにして
でも君の姿はいつまでも現れない

でも私は
君がどこで何をしているのか
それを知りたいわけではない

保証がぼやけた君の行き先を見つめているだけ

いつか君に私の夢のことを語ったね
私ならやれるって　先のことを信じてくれた
嬉しくて心の中で約束した
もし叶えたら夢の半分を君にあげるよと

一人で叶えていく夢
それって嬉しいものなのだろうか
また明日ねって手を振ったけど
この先のことより明日の方が重いと知る
それでも夢のことは諦めきれないのです
せめて最後に君にこう言いたかったけど
あの想いは儚く通り過ぎてしまったけど
でも星は消えることなく流れ続ける
それが私が気づいた夢の星
君と出逢えた奇跡が薄まろうとも

ないものをあると決めつけても
星の続きを描くのは自由だよね
叶えた夢をきっと君の行き先に流し込めるように

きっと星は四つ葉のクローバーに向かってる
五角の星型にハマるよりも
なくならない夢を流したくて

流れ星の涙

滑り落ちていった先
もう誰も拾えない場所
そんなところに沈められた
もう終わり
現実にこれ以上楯突くのには
心が絞られていくようで
折り重なる現実を認めるのは
角ばった感情がまだ足りないことを知る
いっそ夜空の深海に潜り込ませてください

視界で切り取られたものしか愛せない
そんな日を何度繰り返しただろう
奥へ奥へ自らを押し込んで

月の陰から人々の様子をうかがう
水面の上の街はあまりにややこしい
どうか私を探さないでください
ここが私の悟った後の場所
ここにいれば心配はいらない
でもなぜ涙がたまに止まらないのだろう

水面から顔を出せば逆が待っていた
この両足はやっぱりぐらつく
そして私は夜空の中に戻りたいと恋しがる

急に怖くなって夜空を見上げる
星が一つ浮かんでいた
教えてください
私はどうして私でいられない
ねえ　答えてください
私はまだ見なければいけないのですか

強がったよ
夢はいつか現実を追い抜くって
悲しいよ
この街がくっきり見えすぎて
ねえ　星よ
夜空は誰のものでもないよね
それなのになぜ流れようとするの
知ってるよ　君のこと
夜空に透明な滑り台を創って
　煌めくしぶきを飛び散らせながら
　　楽しみな景色をその目で見たいと
　　　喜びと共に星形に背を向けていった君のこと
私だって流れたいよ
でもこの身をおしまいにしようとすると
なぜか勿体なさが邪魔をするんだよ
ほら　こうやって涙が溢れてきて
君をただただここで見つめ

君をまた遠くに感じたその時
瞼から涙がはみ出た
星を見つめた後の涙
これは瞳から伝った流れ星だろうか
頬に夜空の風がそよそよと
私はもっと自由に生きてもいいのだろうか
夜空の海の中はやっぱり少し寂しかったよ
思いっきり泣くことができたけれど
でもどこか馴染めなかった
もしかしたら
街の中にいるから
夢を見られるのだろうか
たとえそれが滅びようとも
それでも私はやっぱり夢見てしまう
夜空の下でこうして

天体望遠鏡

これを覗いたら遠くに望むものが見えるんだね
わくわくしながら丸い穴に目を近づけた
でも近くに丸く切り取られた紺色の中の白い丸
何も見えないよってパパを見上げた
パパは笑いながら夜空を指さした
三日月が笑ってた

片想い

片思いって心地いい
ハート型のクッキーを割った時の音を聞いてそう思った
真っ二つに割ったクッキー
これは私とあの人のブロークンハートを意味するのかもしれないけど
こうも見えるね
それぞれの背中にくっついている恋の天使の羽みたいに
羽が二つずつあったら上手く飛べるかもしれない
でも油断して飛びすぎれば
辿り着く場所が見当違いでため息をつくかもね
だからって片方の羽の重さ
それだけで満足するわけでもない
くっつきすぎて相手に求めすぎて
いっそ離れた方が楽だとなしにする

それでもいいんだけど
少し距離を感じた時に月を見上げる
ストロベリームーンの逸話あるね
永遠なんて当てにしてないけど
勝手に想像してあの人との障害物を溶かす
そんなものを思い浮かべてみるのも
どこか幻想的
愛がどんな形でもいいと思うけど
とりあえず割ったクッキーの片方
食べてみることにする
味は予想通りほろ甘かった
それはあの人への淡い恋心のよう
じゃあもう片方も甘いのかな
そんなことを考えに考えすぎて
結局食べ損ねたよ
そのまま食べなければ
時間とともにしめっていくのだろうけど

なぜかそのままにしておきたくて

星の川

星がぽつぽつ点在している夜空
そこに見える光たち
一つに溶かしてみたい

本当は今夜だけじゃなければいいのに
大きな壺をひっくり返す
砂時計を割れば際限なく広がる時間
一番に会いたい人がいる
楽しいだけじゃいけないと
離れ離れになった二人
引き寄せられる二人を流し目で見送る

どうしてなのか

流れていく時間が遠くに離れていき
振り返れば星の後ろ姿があった
どんどん小さくなる
ここで待っていた私は立ち尽くすほかなかった

不思議だね
記憶の扉が開けば
なぜか悲しみが溢れてくる
いくら現在で抑え込んでも
どんなに思いっきり明るい夢を貼り付けても
心の涙は食い止められず
現在に浸透していき
そして夢にめりこんでいく

あの人がいた頃に見上げた夜空
星のないところだって奥に隠れている
そんな気だってしていた

でも今では例えば
あの星がいつ消えてしまうのか
そして夜空は悲しみを用意しているに違いないと
涙を浮かべたまま見上げている夜空だよ

もし心の涙を筆先に溶かせたら
こんな物語を創ってもいいだろうか
涙で溶かされた星が川となり
そして私は川を渡っていく
天の川みたいにあの人の姿は見えない
けれど私が歩き続けていると
なぜか星の川は目の前に広がりをみせていく
ここに失った悲しみを抱きしめ
そして足を踏み出していく私がいた

私はこれからも見つめ続けるだろう
結末のない星の川の先をずっと

この目でずっと

前にちらっとあの人の姿が見えた
思わず手を伸ばす
けれどすぐに遠ざかった
見つめる先の後ろ姿は霞んでいく
どうしてこんなに悲しい
ふと振り向く
そこには真正面のあの人がいた
優しく微笑んで手を差し伸べていた
どうしてだろう
後ろのあの人の姿なら
鮮明に見えるのは
その手を握れば
次の私に冬が待っているのに

冬の海

もし見通しがあれば
儚く砕け散る白波にも希望を見出しただろう
もしあの後ろ姿にありがとうさえ言えていたら
もっとあなたのことを許せただろうか

明日はあると思って「また明日ね」って手を振った
また明日ねの私の声が今ここに響いたままです

教えてよ　あの人は最後になにを思ったのかを
教えてよ　あの人をさがす私がしつこいというのか

あの人は私の弱さを唯一見抜いてくれた人
ねえ　だから答えてよ　何とか言って　返してよ

この悲しみをどこに置いたらいいのか
砂浜の波が引いた後の残骸がここにあるだけ
そんな場所ないのでしょう　はじめから

それならお願い事をする流れ星を探せというのか
せめて絶望を認める勇気をください

無情な海の向こうから流れてくる風が髪を揺らす
元からない場所にいる私　ここにいます
そして思い出の続きをここで見つめている

月の入浴剤

私はいつだって頷けない
浴槽に丸い形の入浴剤を入れる
確証のないあれをもう一度感じたくて
唇から滑り出るのを止めた一言
言わずじまいの私をここに置いたまま
あなたは私の中で永遠の新月になりました
あなたがどこにいるのかは分からない
月がどんな香りなのか解《わか》らないように
どんどん溶けていく　欠けていく
炭酸の泡にくぐもった断雲
そうやって行方不明になった愛があった
今カケラも跡形もなく消えていった丸い入浴剤
私が愛した月はもうここにはないのです

満月を溶かした新月の液体に浸かっているだけ
説明のつかない状況に言葉をください
でも誰かがぴったり当てはめてくれはしない
だから私の身体に染み込めるのはいつだって
自分だけの限定品だけなのかもしれない

雪崩

引き返してはいけない
容赦なく降りしきる雪
白さとはどうしてこんなにも
冷たいのだろう

先に行っておいて
また合流しよう　必ず逢えるから
君のその言葉を抱きしめ
私は吹雪の中を歩く
知っている　君はそんなに強くないこと
でも今は信じるほかに何もない

足を踏み出すたびに

後ろには雪に刻まれる足跡
せっかく印がつけられたのに
降り続ける雪が消していく
少し雪が弱くなってきた
立ち止まって君を待つ
けれど君の姿には届かなくて
また歩くほかになかった

私はあの晩見た
夜空を瞬く間に滑り落ちていく流れ星を
星形に背を向けた星の涙を見た気がした
夜空の頬に伝う涙の軌跡をちゃんと見届けた
けれどその先のことは見えてこなかった

終着点が欲しい
どこまで歩いたら辿り着くのか
勇気が欲しい

君の言葉をしかと信じられるような
君は私の弱さを見抜いてくれた唯一の人
君は私に心の思うままに生きればいいと教えてくれた人
振り向いて泣きながら叫んだ
私はここにいるよ　待ってるよ
大丈夫だから　やっぱりここで待つことにするから
その時激しい音がしてあっという間に

雪が埋めた身体から手だけが伸びる
指先は君の手の温かさを思い出していた

思いっきり笑った後
何とか笑えていたことに気づく
ぽたり
静けさの水面に落ちた涙

雪砂糖

また明日逢おうね
君はそう言って背を向けた
ここに残ったもの
角ばった氷の冷たさではなく
覚めたての夢のようなもの

どうしてこんなにも
持ち帰った君との時間が苦いのだろう
君に見せる私は私を裏切っているから
君の愛してるの言葉に言い返せないから
分からなくて君の後ろで背を向ける

雪が地面の熱を無視して降り積もるあの日

大好きなあの人の姿は白さにまみれて
追いかけようがないほどに
吹雪の向こう側に消えた
二年後に必ずここに戻ってくるからと言い
なくなりかけた希望をまた信じてもいい
そんな待ち時間を与えてくれた
けれどあの人は結局戻ってはこなかった

君のまた明日逢おうねという響き
それは間違いではないのだろう
でも私の中にはやっぱりあの人が沈んでいる
だから哀しみの液体は君といればいるほどに
濃くなっていき　そして砂糖は溶けないの

流れ星は夜空に涙を伝わせる
どこか積もり続ける雪に似ているね
砂糖を口に入れてから水を飲めば

しばらくは甘い時間が続くはずなのに
雪解けを巻き戻してしまう心はきっと

あの人がここに入れた雪砂糖
本当に一人でしかとけないのだろうか
ねえ　君は雪が好きですか
この溶けない砂糖を分かってくれますか
私のことを大事に想ってくれてありがとう
一人でいたいけどそう突き放せば私は
君のまた明日逢おうねについて考えていた

氷の中の涙

寒い時に寒いって
そう感じないのは
きっとここにいるから
ずっとここにいるから

今では恋しく思う
大きな強がりから伝うしずく
頬に引かれる生ぬるい線
永久に線は描かれていくだろう
そう思っていた
けれど瞳の雨は粉雪に変わり
頬の熱を無視して
外の冷たさと同化して

やがて氷柱もできていった
冷やされたナイフのような
その先端が鋭く刺したのは
心の遥か奥に渦巻く感情だった
何かの行方を追いかけ続けることも
離れていくものを引き留めることも
この中にいる限り
手を伸ばすことさえできない

かすれた涙の行方
流れ星なら許せるだろうか
夜空を滑り落ちていく距離
その間に人は奇跡と指さす
始まりと終わり
なんて儚いのだろう
切り取った世界
穴を残した夜空は流れ星のことを知らない

だからって泣いたまま凍ったんじゃない
思いっきりの強がりの塊を絞れば
滴る涙があった
せめてそれだけは流しておきたかった
氷が固まるその前に
せめて真実だけは罪に入れたくなかった
だから追い出した
そして作った笑顔
笑ったまま凍っていった

私たちの時間は止まったまま
隣にはいつだってあの人がいて
切り取ったあの頃の思い出
いつまでもきらきら輝いている

氷の中で流す涙

外からは見えないね
外からは笑って見えるよね
だからきっと大丈夫

波の彫刻刀

君は過去から現在までにどれほど削ったというのだろう
私は君がすることを見ていることしかできない
ああ　そこに見える円月島よ
絶対に形を失わないとは何だろうか
丸い穴に太陽が入り込んだね
これが絶景だと言うのなら
あまりに悲しすぎる
君は余分なものも欠けたものも関係なく絶え間ない
尖った言葉さえ呑み込み
そして泡だけ残して跡形もなく

星に矢

どれだけよじ登っても
いくら追い越しても
滑り落ちて
追いつかれ
私はその場にただただうずくまるほかなかった
そしてこの姿を見られまいと心に幕を引き
私はこの場にただただ泣き崩れるほかなかった

呼んでもない過去
あの日千切りにしたはずのいつかの自分
乗り越えたはずなのにはみ出てくる
溢れ出ては
私にまだ見ていろと突きつける

弓を引いて星を射れば
星を傷つけた先から滴っていく
傷口から溢れ出る涙は
幕の中の私が償わなければならない
矢と星の隙間からはみ出た叫びは
幕の外の私が伝え続けなければならない

だってそこにあったんだもん
そこに見える光を希望だと信じていた
どんなことがあってもそれは希望だと
それは紛れもなくたった一つの希望だと
そこに見える光をずっと見つめ続けていた
さもないと私はこの先到底生きてはいけない
探さなくても確かに見えていた
這いつくばり進む先には希望
そう　希望だと

弓を構えて星を射る
そして矢が刺さった限り
私も痛みと共に生きていく
流れ星になって消えた後も
矢だけは残り続けるだろう
信じた希望を射止めた暁には
あの日引いた弓がいつまでも
ここに矢を見放さない
だからきっと私は

水面下の涙

夜の海の砂浜
角ばった波が引いては打ち寄せる
押し寄せる波は運んでいってくれるだろうか
ややこしい街に背を向けようとしている
こんな私のことを

瞳のチューブを捻り出した先に
一体何が見えるというのだろう
この瞳に馴染むものだけがいつも見えると信じたかった
鮮やかに線を描いていくように
やっと心から笑えた瞬間の連続を伸ばしていきたかった
嬉しい夢が見たい時に見られる時間が欲しかった
一番よかった夢は思い出せないけれど

目覚めた時にこれだと思ったことはある
でも今では目が冴えすぎているのかな

だって思い当たるものは儚い
この白波のしぶきを両手ですくい上げて
このままぎゅっと握りしめて水が固まったら
まだ見込みがあることに気づくのに
でも水は固まらないし　氷はいつか溶けるね
ぽろっと零れた涙は頬を伝ってゆき
ほら　海の水面にぽたりと落ちたけれど
しぶきを散らすことも音も何も受け入れない
振り返った先に海以上の説得力を探せば
遠ざかるこの後ろ姿の理由を誰かに打ち明けたくなる
さっきの涙は水面の下で息が出来なくて私を呼んでいる
ごめんね　誰かの前では泣けないから
せめて海だけでもって思った
けれど定規で引かれたような水平線

力強い波のうねり方
何もかも現実を運んでくる
見上げた先の夜空に星一つ
あれが星形に背を向けて夜空を伝って流れ落ちていくなら
そうだよ　沈んだ流れ星の涙を探させてください
そしたら海に入っていってるのと堂々と言えるから
おかしいよね　それしか思いつかなくて
もう一度振り返って街を見つめてみる

ダイヤモンドリング

そこに見える光
眩しくて思わず目を逸らした
後ろを振り返れば私の影
影を辿っていく
けれど影の先を追ってゆけば
きっとその先端が私から何かを取り上げる
とてつもない大きなもの
それを失うのが怖くて
私はこれ以上追いかけるのをやめた

抱え込む不確かなもの
私の中で彷徨う月に似ている
せっかく満ちてきたのに

また欠けていく
やっと見えてきた希望も
影が追いついてくぐもっていく
それなら一番好きな月の形を
ずっと覚えていたい
その後で氷の中に閉じ込めてみてもいい
そして暗いところに置く
そうすればもう影の見残しはできないよね
ごめんね　分かってほしい
もうこれ以上すり減りたくないからだよ
けれどそうやって背を向ければ
凍えたまま歩まなければならないんだね
氷のナイフ
大丈夫だよ　地面の私の影を刺しても
もう既に痺れているから
でも痛まないのは何だか恋しいね
確かにこれでいいと思ったけれど

待ってよと
心を追いかけている自分に気づいた

目を固く瞑《つぶ》る
氷の中の月の透明な声が聞こえてくる
やっぱりここは冷たすぎるよ
早く動きたいよ
たとえ欠けて影ができても
それでもやっぱり満ち欠けを繰り返していたいよ
叫びたいよ　ほら　あなたにも心当たりあるでしょう
瞼がゆっくりと開いた

氷をそっと陽光に当ててみる
するとだんだんと溶けていく
差し込む陽光を浴びる月
クレーターだってきらきら輝いた気がした
月の表面についた水滴

照らされて雪解けの朝を見た気がした

たとえじかの光が怖くても
どうやら月はやっぱりそのままがいいと言っている
光と影は仲良くできるだろうか
いつの日か私は受け止められるだろうか
影と光が作り上げる夜空の約束を
影を許してみようと思った時
そして怖がっていた光を少し受け入れてみる時
仲直りのしるしにこの指にはめられるもの
それはダイヤモンドリングのようなものかもしれない

檻の中の星

たとえどんなことがあっても
ここから出なければならない
狭い部屋のざらついた窓
何本もの誰かの爪痕の線
ここから出してよ
私も隣の部屋の人みたいにそう叫びたい
でも叫べば叫ぶほどに
外の世界が遠ざかっていく
私の声は透明だと知っている
ガラスの上に水を零したような
そんな意味を成さないものだと笑われている
でも私は出なければならない
悪いことをしたわけではない

でもあの人たちはもう私とは暮らせない
だから私はここにいるんだって
そう辿れば辿るほどに
叶えたいこととか
会っておきたかった人とか
まだやりかけのこととか
そんな置きっぱなしが私をダメにする
押し寄せる感情にこれ以上の言葉
見つからないね
それどころか感情が私の中で暴れまわり
私はただ限定の中にいることしかできない
それなら感情をいっそ捨てればいいのか
檻の中の人形みたいに
檻という制約が全く役に立たない
笑ったまま凍らされている
そんな風に諦めたら楽なのだろうか
でも私はその先に思いを巡らせたら

今以上にとてつもなく大きなものを失う気がして
背後から囁かれる悍《おぞ》ましい導き
もう泣かなくてもいいんだよ
無理に笑わなくたっていいし
作り笑いさえ心では泣いていないから
そう聞こえた刹那
私は急に怖くなって
ありったけの感情を振り絞って
そして絡み合う気持ちを抱きしめた
せめてこの複雑を言葉にできたなら
私はきっと鉄格子の隙間から手を伸ばせる
そして伝えられるのだろう
なぜ私はここにいろと命じられて
そしてなぜ私はここから出たいと
そう願っているのかを
願っても叶わないこと
伝えられないけれど伝えたいこと

裏切られた望みをもう一度信じてみたいこと
それらはややこしい街の影が消していく
でもそれでもそこにあるもの
それは言葉以上に言葉を愛する何かだった
星のようなものだろうか
人は星を描くとき五角の星型を思う
あるいは円形にうっすらと光を加える
それとも他にもたくさん形を思うだろうか
星はそれぞれの人の中で輝いている
太陽を真正面から見れば眩しい
でも星は控えめだから見つめられる気がするよ
私の中にも星があるのなら
いつの日かちゃんと見つめられるだろうか
ちゃんと向き合えるだろうか
希望は形を変えるけれど
ぐるっと色んな角度から見れば
きっと本当のことは一つなのだと思う

私はあの狭い部屋から出て今ここにいる
あの頃の形にならなかった感情をすくい上げて
見つめては零して見つめている
檻の中の星を心の奥に沈めたまま

著者プロフィール
檀允 心実（だんじょう ここみ）
1995年生まれ、大阪府出身。

星の後ろ姿

2021年2月15日　初版第1刷発行

著　者　檀允 心実
発行者　瓜谷 綱延
発行所　株式会社文芸社
〒160-0022　東京都新宿区新宿1－10－1
電話　03-5369-3060（代表）
03-5369-2299（販売）

印刷所　株式会社フクイン

ISBN978-4-286-22279-0